거울 앞에서

KB075134

거울 앞에서

하미애 시집

시인의 말

    퇴근 후 종일 운동화에 갇혀 있던 발을 꺼내어 화장실로 들어간다. 발끝으로 샤워기를 돌려 온수를 틀어놓고 물이 데워지기를 기다리며 잠시 멍하게 서 있는다. 거울 앞에서 정성 들여 멋 내고 둘렀던 카드 설계사의 피로를 미온수로 꼼꼼히 씻어낸다. 뜨끈하고 졸리는 기분으로 해방감을 느끼며 태초의 나로 돌아온다.

    빨래터에서 미끄러져 크게 다쳤던, 돌도 되지 않았던 아기의 척수신경은 끊어질 듯 끊어질 듯 끊어지지 않고 삶을 향해 엉금엉금 기어갔다. 많이 아프고 냉소적이고 눈물이 잦은 소녀로 자라 글을 깨우치게 되었을 때부터 악착같이 글을 읽으며 기록을 남기기 시작했다.

    시를 쓰는 순간에는 온전한 행복감을 느꼈다. 하지만 안타까운 나의 일상은 웨하스처럼 너무나 연약해서, 바스라지지 않도록 계속해서 나의 눈길과 손길과 발품이 있어야만 했다. 시는 달콤했고 노동은 지긋지긋했지만, 나에겐 벅차게 사랑하는 아들과 남편과 나 자신이 있었다.

책이 나오는 순간에도 일상을 열심히 만져가며, 일을 계속하면서 틈틈이 시를 쓰고 있을 것이다. 노동은 숭고한 것이다. 혼신의 힘을 모아 다독인 일상은 제법 매끈해졌지만 육체는 조금씩 바스라지고 있음을 느낀다.

환경을 바꾸어 줄 순 없지만 아프고 지친 사람들에게 공감되는 한 문장이 어떤 힘을 주는지 나는 잘 알고 있다. 오늘도 일상을 만지느라 축축하게 젖어버린 세상의 발들과 많이 아팠던 나에게 이 책을 건네고 싶다. 우리는 계속해서 나아가야 한다고, 나아갈 수 있다고 말해주고 싶다.

차 례

● 시인의 말

제1부

누리미, 맑간 달빛으로 흐르고

제2부

쓸쓸해서 오래 머물렀다

제3부

그들의 삶이 내 삶보다 더 탱탱하고

제4부

내 마음 길 따라

거울 앞에서

제1부

누리미, 말간 달빛으로 흐르고

곰국

뼈 마디마디에서 졸졸 흘러내린다
자식들이 퍼 담고 난 뒤에도
말간 달빛으로 우러나는
팔월 어머니

숟가락

뿔뿔이 흩어져 살던 식구들 숟가락 위에
엄마가 누웠다 오빠와 나는
숟가락을 던져 버릴까 말까
고민하고 있는데
집 뒤 대나무 숲에 묻었던
어린 고양이 한 덩이 살금살금 걸어 나왔다

채식주의자였던 오빠는 기겁을 하고
잠이 오지 않는
내 머리를 문짝처럼 들어 올렸다
쥐구멍 펄펄 끓고 있는 방에는
쉰내 나는 메주가 매달렸다

설거지를 하는 오빠
싱크대에 가족들을 불러놓고
얼굴을 밥그릇처럼 헹구었다
딸기 다라이 이고 고모가 푸르스름하게 오셨다

오래비 밥은 묵었다더나

어둠도 자꾸 문지르다 보면
빛이 나는 걸까

숟가락 속으로 걸어 들어간 오빠는
엄마의 희미해진 웃음만 남겨놓고
웃음 속으로 고양이가 걸어 들어간다

누리미

1

산모퉁이 돌아 버스가 떠날 때 무덤이 흔들렸다
세탁공장 잔업 수당이 라면 따라 후루룩 온다

월세방에는 찔레 가시가 돋았다
그는 오늘 밤 희끗해진 머리로 슬며시 무덤을 빠져나온다
누리미 산천

2

부글부글 털이 많았던 나무꾼
대낮을 밤으로 생각하는 여든 어머니 모시고
소주가 고무신을 자주 벗겼다

다 해진 나를 기울 생각하지 마라
잠긴 눈에서 질금질금 흘러내리는 눈물

3

오줌싸개 집 담장 위로

키 작은 정희가 밟던 풍금 소리

지린내만 저 혼자 간다

4

저녁에서 아침까지 스물세 집에서 나오는 음식 찌꺼기로
돼지도 꿈을 씹는다

소주잔에 담배 연기 피어오르면 자식에게 아버지 자리
채워 줄 수 없었던 게 미안했을까 아궁이 옆에서 돼지나 자
식이나 애가 타기는 매한가지 상수리나무 벌겋게 달군 밤
도 있었다

암탉

　몸뻬에 흙비를 터는 송정 댁, 구유에 소죽 비었다며 쩌렁 쩌렁 치는 저녁은 소리로 왔다 갈퀴손으로 탁배기 들이켜 고 낮잠 자고 일어나 걸어가시던

감꽃들이

감꽃들이
점
　점
　　점
　내
　리
　　던
날
신작로 따라
다니다 말다 시오리 초등학교 길
감잎 한 장 둘레만 한 누리미 마을*
푸른 잎새들 사이로 깔깔댄다

* 김해시 진영읍 유목마을.

찔레꽃 핀 마을

돌아가고 싶네
꽃향기 따라 쉬어간 벌떼
돌아온 오월

토끼풀 자운영 애기똥풀이
둑방에 마중 와 서 있다

하얀 찔레 햇살 맞고 잉잉대던 꿀벌 가족
산 340번지로
돌아가고 싶네

거짓말 같다

떠나신 지 며칠이 지났다 철길 아래 감나무 과수원에 수지침 상자와 옷들을 불러 앉혔다 하늘은 흐린데 나뭇가지들은 짙어 가고 전봇대에 앉은 참새들이 노래하는 다섯 시 기차가 달려와서 새들을 아버지 헌 구두처럼 집어 던졌다 거짓말 같다 내가 던진 수지침 상자에서 발자국이 따라 나왔다 나를 보고 빙그레 웃으시던 연기는 꼬리를 남기고 하늘로 흩어졌다 아버지는 유언도 맵게 하신다 칡넝쿨이 어둠을 마실 때까지 다 거둬들이지 못하신 체온을 내 가슴에 묻는다

하늘 1

새끼 죽이고도 꾸역꾸역 살았다 지금도 하우스 쪽으로는
고개도 안 돌린다 아이가

미친년처럼 유월 땡볕을 업고 일하느라 두 살 걸음마가
변소에 빠진 줄도 모르고 수정을 했다 아이가 내 지금도 그
노마 생각을 하면 벌통 뒤집어서 쏜 거 맨키로 온몸에 천불
이 인다 아이가 무른 다리에 그노무 살키가 떨어져 나간다
캐도 노란 끈을 입빠이 땡겨가 내 손모가지로 풀지 말았어
야 했다 안카나 실컷 업어 주지도 못하고 그래 보내뿟다 그
래도 형수야 니가 있어 웃고 살았데이

입술 노랗게 돌멩이 다신 어머니

하늘 2

드문드문 진눈깨비 내리던 마을
열일곱 장가들고 자식 낳던 날
애꿎게 손만 만지작거리고
육손이가 육손이 낳을까 진즉에 가슴은 숯검댕이
제일 먼저 두 손 낱낱이 만져보고
그래도 믿기지 않는 눈으로 펄쩍펄쩍

한 잔 낸다고 육손이 아빠 술잔 돌리는 날
함박눈

진례면 송정마을

― 유진수

빗소리가 두 두 두 두 내리는 돼지 막사 옆

한 평 남짓 쪽방

해 검은 점심나절

구린내 나는 점심을 앞세워

덜 깬 막걸리에 한 잔 술이

술 술 술 해장인가

개복숭아꽃에 떠밀려 다녀온 군대에서

훈련 도중 한쪽 발을 잃고

목발을 얻었다던가

병나발로 제대해서 병나발을 불며 쩌렁쩌렁 살아가던

술고래 집 담장 너머로

개복숭아꽃 상여로 떠난 세월

사나이로 태어나 할 일도 많다만

육십 노총각 노랫소리가 분홍분홍 피어난다

이장 와이셔츠

이장 소리에 신바람이 나 읍내를 도시는 아버지

참외 순이 자라 엉금엉금 두렁 위를 기어 다녀도 오지 않으신다

퇴행성 관절 어머니

손 주먹을 불끈 쥐셨다 밤이면

어머니는 아버지의 와이셔츠 깃을 세웠다

날마다 일어나는 몸살을 안고

앉은걸음으로 몸살을 치셨다

뻐꾸기 울고

뻐꾸기시계도 울고

리어카에 참외를 싣고

진영 장으로 나가시던 어머니

어둠이 파장까지 남아도

독사풀이 썩는 동안에도

이장 와이셔츠를 벗지 않으셨던 아버지

홀태, 폐교가 있던 풍경

새마을호 기차가 힐끔힐끔 대창마을을 넘어다봅니다 낡은 초가를 떠나 맨드라미 곁에 서 있습니다 산촌을 빠져나가 버린 농사, 참새들 쫓던 아이들이 헌 고무신을 차는 깡통 소리에 가을이 누릿누릿 달렸습니다 햇살 들녘 한가운데로 펄럭이던 수건 한 장 국회의원 손택수 포스터가 붙어 있던 누리미 산 350번지

이 집 저 집 기웃거려도 빨랫비누 한 장 얻은 적 없습니다 그래도 가을걷이할 때 그맘때가 좋았다고 고추좀잠자리 가끔 내 맘에 앉아 말해줍니다

첫사랑

마주친 감나무 아래

발그레 볼이 붉은

열두 살 풋감

지붕 위로 훌쩍 커버린 나뭇가지에서

붉은 감으로 살아가는 날에도

수줍게 소녀로 온다

제2부

쓸쓸해서 오래 머물렀다

해적선 레스토랑

감나무 과수원 아래

침몰해버린 그가 있다

나이프와 포크 사이에서

즐겨 불렀던 해바라기의

'잊어야 할 그 순간까지 널 사랑하고 싶어'가

내 마음 주저앉힌다

커피 향은 피아노 건반 가득 쌓이고

어둠은 음악을 타고 오는지

과수원 길은 어둡다

서쪽 산마루에 걸린 눈썹달에는

비린내 나던 내가 졸고 있다

누군가에게 다 퍼줘 나에게는

줄 마음이 남아 있지 않다던 그가

떠난 반대 방향으로 나는 등을 돌리고 살 수 있을지

할 말 많은 입술 들썩이는 불빛들

해적선이 목을 길게 빼고

강마을을 바라본다

신세계 백화점에서

둘이 벌어도 목구멍은 시원찮다
웅크린 다섯 발가락 펴듯
언제 살림이 펴질까
식탁 위 빈 지갑처럼
입을 연다

안녕하세요 고객님
카드 신청하시고 가세요

지나다니는 고객들은
쇼핑 카트에 신세계를 담긴 한 걸까

TV를 보듯 힐끔거리며 지나친다

모은암

폐 병든 기차가 지나간다

기찻길 건널목에 누워 있는 짐자전거

똑똑똑똑똑 또그르

모은암 기왓장에 강병식 세 글자 올려놓고 삼천 배, 부처
님 모자라는 자식입니다. 나무아미타불 관세음보살, 부처
님 모자라는 자식입니다. 나무아미타불 관세음보살, 방아
깨비 절을 하시는

개구리 우는 길 따라

철둑 위로 올라서면

숨어 익는 유월 산딸기

가뭄

봉구 나이 열네 살
중국집 종업원으로 떠날 때
동구 밖 신작로에 해종일 서 계셨던 아버지

당신 가슴팍에서 자장면 그릇을 꺼낸다
퉁퉁 불어 터진 면이 담배꽁초를 물고
가족처럼 오글거리던 한나절

봉구야
남의 집에서는 눈치껏 무라
고물 오토바이가 북경반점 골목에서 끔벅
운다, 소처럼
끼니때면 가끔 쇠파리로 날아다니는 아버지

바랭이풀 무성히 돋은 방죽 끝으로
종아리 말아 올리고 들녘을 기웃거렸을 분인데
녹슨 삽 한 자루 자전거 뒤에 싣고

쩍쩍 갈라진 논바닥에서

아버지 손을 주웠다

희망은 늘 그렇게

무허가 창문 너머 벽
가족같이 일할 사람

앉은 자리에서 모두 두 손 올려 흔들어 보시길

반짝반짝 작은 별
두 손 잘만 흔들어도 쥘 수 있을 것 같은 작은 별
초등학교 교통사고 후
나에게 손들어 보라는 말은
가슴에서 튀는 콩이다

나의 빛은
두 손 잘 흔들기
두 손 잘 흔드는 것은 하늘의 별 따기
이쑤시개 공장에서
면접 보며 손바닥에 찬 땀을 들이켠다

 — 어머 저 사람 손을 제대로 흔들지를 못하는가 봐

궁색한 손이 아니라면 어디 내놔도 괜찮을 텐데
무심히 뱉은 말이
내 심장에 거머리로 붙는다

참아내기 힘든 삶일수록
손의 상처로 환히 열리고
서러움 뒤로
무어라 말하는 면접관 목소리를
프레스가 자른다

11월

터벅터벅 맨발로 서리 뿌리고 돌아서시는 하느님

개망초 대궁에 붙어 앉은 고추좀잠자리가

올려다본다

시금치 겉잎처럼

받을 돈이 얼마인지 아버지 기차를 자주 타고 나가셨다 끓는 부아로 돌아오셔서 아버지 빚보증으로 말아 드신 경전선 철길 닭 서너 마리로 남은 과수원, 야채 트럭을 몰던 내가 대학에 합격하던 날, 가게 달린 전셋집 마루에 퀴퀴한 신문지 깔고 채소를 다듬다 낼은 닭 모가지라도 비틀어 동네에 탁배기 한 잔씩 돌려야겠다 눈물 보이시던 어머니 니 공부한다고 밥도 근근이 먹고 사는 판에 지금 니가 대학이 가당키나 하나 돼질노무자슥 십 년째 빈 병 쌓는 일밖에 모르면서 고래고래 핏대 올리던 아버지, 여름이 끈적끈적 달라붙는다 그 아래서 구, 구, 구, 구 닭들에게 모이를 주시다 녹아내리는 어머니, 시금치 겉잎처럼 숨을 죽이시고 병들 깨지는 소리가 들린다

도둑놈의갈고리

사람이 밟아 만든 길 따라 뒷동산에 오르다
도둑놈의갈고리를 만났다

연기 나는 굴뚝 열네 집
추석이 사 준 나무색 줄무늬 체육복이
강아지로 뛰어다닌다

새 옷 입지 못한 심술이라도 부려 보려고
곁을 스친 아이들에게 다닥다닥 붙었을까

해 질 녘
몇 모여 도둑놈의갈고리를 떼내다
몇은 이름표처럼 달고 온다

가을바람에 문풍지는 울고
군고구마 먹던 쇠죽 방

비밀

바람이 분다
햇살 안은 푸른 바람이
모내기하는 농심에

이제 파도는 미세한 바람에도 널브러질 만큼
신경이 아주 예민해져 있다
원래 파도의 고향이 바다가 아니고
촌부의 밭에 사는 보리가 파도였다는 사실을

새벽부터 밤까지 보리 곁에서 부는 바람이
사사삭사사삭 보리의 울음이 된다
바람의 걱정이 안타까울수록
보리에게로 돌아와 분홍빛 그리움으로 탄다

쉽게 줄까

상가를 기웃거리다
지에스 마트 옆

보내는 사람 : 떡볶이
오늘도 출출하군 먹고가면 어떠리

받는 사람 : 순대 님
연애편지 2호점 오뎅도 맛있군 생각나면 또 오리

연애편지 2호점 간판에 끌려
나도 모르게 우체통을 벌린다
카드 신청서가 연애편지라면
쉽게 써줄까
넣을까 말까
날마다 편지지에 봉숭아 꽃물이 들면 좋겠다
고객 정보가 태블릿 속으로 들어가는 순간
고속도로를 달릴 수 있을까
순대를 씹는 길은

순대처럼 편안할 텐데

연애편지가 나를 부른다
달려가자
육십 대 노신사는 빙그레 웃으며 답한다
저 해 주고는 싶은데
우짜노 자격이 안 돼서
마음 같으면 열 번이라도 해 주고 싶지요

더는 잡을 수 없어서 돌아섰다
걱정하지 마 연애편지가 곧 올 거야

갈치

솔담배 한 대로

참을 쉬었다

밥풀로 엉겨 붙은 피곤

달이 열려

참외 하우스 밤바다로 일어서는 논에서

은빛 생선을 내놓을 꿈을 꾸셨나

당신 제삿날에는 담배 한 대를 올리시라던

지울 수 없는 꿈

나는 시를 쓰고 싶었다

밤새 컴퓨터 자판 위에서

쓸 수 없다

아버지

벽

나달나달 밥상보처럼 초라한 오후
마음이 꽉 닫힌 날
숨어 사는 나의 시상들은
벽 속에 갇혀 길을 잃어버린 걸까
꼭꼭 숨었나 한 글자도 보이지 않는 나의 시어는
들찔레 같은 두통으로 핀다

소똥구리

파리똥 굴릴 힘조차 없습니다

잠들지 못한 그, 새벽 2시

슬금슬금 공동변소 쓰레기통에서

소주병을 찾습니다

상황버섯 달여 마시듯

두 손 떨며 쭈그려 앉습니다

다시는 먹지 않을게

구린내 나는 약속이

방안을 돕니다 사십반에 얻은 간암 말기

날카로운 목구멍 사이로

무덤이 드나드는 길인 줄 몰랐을 겁니다

한 줄 머리칼만 쥐고

긴 잠을 껴입던 그

뭉치고 뭉쳐

소똥구리 집에 문패를 답니다

키조개 집

하얀 페인트로 펄럭인다

곱사 사진관으로 소문난 박 아저씨

팔 굽혀 바다를 구울 때면

젓가락으로 달그락거린다

돌 무렵 심하게 앓고 난 후

키가 초등학생 사학년에 머문 사십 대 중반

어깨 중간에 산을 한 채 지고 다니며

내려 본 적 없다던

장애인 가족이면 누구나

공짜로 배울 수 있는 컴퓨터

워드 프로세스 일급이 지었다

http://cafe.daum.net/katoori

제3부

그들의 삶이 내 삶보다 더 탱탱하고

아침상 물린 뒤

누워 지내는 아기
당신을 바라본다
아침상 물린 뒤
우유를 달게 먹는 아기에게
아빠 회사 다녀올게
회식 자리
술이 기도로 넘어가고
식물인간 될 수 있다
2000년 토요일 오후 8시
죽음이 다정하게 몇 차례
왔다가 떠날 때
따라가고 싶었을까

새벽잠 깨어
내 곁에 조용히 앉던 당신

장마

한여름 동안
걸어오고 걸어온 길을
걸어가고 걸어오는 사람들

고등어

오므리는 손가락을 보며
발가락도 움직여 보세요
참 잘했어요

밥상 밑에서 다시 시작하는 그녀는
새 기저귀를 꺼내며
보송보송한 태양을 건진다

돈 벌어 온다는 농담이
문단속을 한다
프레스가 살을 발라 먹는 동안
정규직을 씹어 먹었다

중앙병원 505호 병실을 들락거리던
고등어 한 마리
심전도 물결 위로
힘차게 파닥거려
바다로 돌아가는 중이다

가지꽃

가지꽃이 세 시 사이로 흘러내린다
— 애미야 손자 농사는 가뭄에 무논이란다
털북숭이 송충이처럼 거실 바닥에 기어 다니는 말씀

고불 따라 몸살 나고 사나흘 끄응
가지꽃 얼굴
막내 손자가 떠먹여 주던 구구절 제사 뒤
탕국에 젯밥 한 그릇 비우고
심장병을 따라간 저승

젖쟁이 손자 목욕 시킬 때
뽀드득뽀드득 가지 소리
스물네 평 아파트 거실에
어머님이 네 시 사이로 흘러내린다

신방

어무이 손을 놓은 지 오래입니다 과수원을 떠돌다 돌아
오는 길, 자귀나무 가지에 구름이 걸리고 나는 구름 속에서
아버지 머리를 꺼냅니다 허리 호리낭창한 빗줄기가 하객들
을 맞이하고 몇 안 되는 하객들이 썩어 가는 이파리들을 헤
치고 자귀나무 가지로 기어오릅니다 촛대 옆에 차려진 쥐
포 산적 찰떡 뒤로 한복을 곱게 차려입은 각시가 공중에 피
어오릅니다

어무이 내 각시가 왜 이리 못났습니꺼 제수씨 보다 늙어
보이네요 이노무 자슥이 구 년 만에 와서 한다는 소리 좀
봐라 구천을 떠돌다 와서 그렇나 아직 철이 안 들었노 이리
와봐라 내 새끼 오랜만에 어무이 젖이나 한 번 더 무라 그
래요 어무이 젖이나 한 번 더 묵고 가겠습니다

제발 부탁하마

— 영배에게

제발 부탁하마
살아 있는 눈물 보석 아껴서 써라
야생화 놀고 있는 산기슭에
두둑 흙 한 줌 파고 네가 살아가면서 받을
가난과 질병
모나미 볼펜과 연습장 곁에 날 눕혀다오

네 있음에
자운영 토끼풀 망초 함께
살다 돌아가서 누울게

나는 볼 수가 없을 것이다
네 목소리가 발걸음보다 먼저 엄마하고 나를 만나러 오
는 모습
무슨 꽃들이 내 무덤가에 피고 지는지
그러나 향긋한 어둠 속에서
반가워할게
너의 이름자에 시를 쓴다

영… 배

눈물일랑 보이지 말아라

유리칸나

팔월이 존다
〈해고 통지서〉
소속 : 동아산업 ㈜ 생산부 파이프 반
직위 : 사원
귀하는 다음과 같은 사유로 2009. 11. 02 11시 24분으로
해고됨을 통지합니다.

네 번째 손가락을 배에 심었다
핏줄이 생겨 아기처럼 자랄 손가락
귀가 생기고 눈 코 입이 자라는 동안
세상 밖으로 나오지 못할 것이다

여닫히는 유리문이
조금씩 얇아지고
닿을 때마다 욱신거리는 손가락은
여름이 다 가도록 낡은 에어컨을 열었다 닫았다
창가 거미줄에 걸렸다

한신기계 동국철강 유선산업기술 동원테크…

그가 걸어온 길이 잘린 손가락처럼

세광병원 305호실

뻗은 링거줄 끝에 칸나가 핀다

여덟 남매의 엄마 조말수

파란 슬레이트 지붕 아래

근심 걱정들이 다닥다닥 일가를 이루고 있던 방

60촉 전구 아래에서

늦은 밤 양말을 깁다 말고

낼 아침에는 해가 뜨지 않기를 바랐다던

엄마는

책가방들이 돈 달라 했을 때

눈물 보이는 아침이 오게 될까 봐 무서웠다며

— 돈 필요하면 제발 저녁에 얘기해라

　　빌려서라도 주지

당부하던 말씀

자식 많은 집 책가방 준비물은

복도 밖에 손들고 꿇어앉아야만

수틀 속에서도 한 땀 한 땀 피우지 못할 해바라기꽃

제비 새끼 알을 꺼내듯

여덟 자식 빈 도시락을 꺼내며

엄마의 때 묻은 꿈도 하나 얹어 헹구셨을지

다시는 돌아올 수 없는 엄마

땀 밴 흰 수건 머리에 동이고
쥐눈이콩을 볶아
도시락 찬을 싸주던
엄마

변삼두

나. 원. 참. 더. 러. 워. 서.
마흔한 살 변삼두 고등학교 동창 막내 녀석 돌잔치에서
비틀대며 돌아오는 길이었다

동생은 구지렁물이 흐르는 곳에 두지 않으리라 허덕허덕
서울로 보내놓고 반년
전화를 걸었더니 별반 반갑지 않은 목소리다
그것이 화근이었을까 동네
상점으로 건너가 맥주병으로 유리창을 박살 냈다
영복이 아재는 상종 못 할 인간이라고
멱살을 잡았다, 내일 안으로 해
넣지 못한다면 고소하겠단다
쩍
갈라지는 논바닥

태풍

땡감 익은 감 뒤죽박죽
내 희망의 수만 잎새 떨어진다

왜 먹구름은 큰비를 데리고 다니는 걸까

삼베같이 젖은 여름

더러는 내 삶에도
세상 물정 모르는 나를 가르치느라
태풍이 몰려온다

최복례 여사에게 생긴 최초의 통장

잘 지내소

무싯날은 신도시 상가 위로 날아오른 다라이 속에

해가 쪼그리고 앉아 있다

농협 맞은편 도미 우럭이 배를 뒤집은 수족관 옆에

썩은 과일 냄새가 쿵쿵거린다

최복례 여사가 단속반에게 사과를 깎아 건네며

이놈아 나도 니 만한 아들이 있다

니는 애미 애비도 없나

침을 뱉듯 다급한 말을 내뱉는다

초겨울 바람은 금 간 다라이 얼은 뺨을 때리고

짓무른 과일 단내 속에 아들 얼굴이 선해서

멍든 사과를 칼로 베어 문다

남편 병원비를 끝으로

더 이상 빚지지 않겠다 어금니 깨물었지만

시키는 대로 하면 때리고 못 하면 더 때린다던

삼청 교육대로부터 정신질환자가 되어 돌아온 자식

종일 방문 걸어 잠그고 나올 줄 모른다

잔뜩 낀 먹구름 사이로 딸기부터 감까지 펄쩍펄쩍 뛰어
내린다
베란다 밖 벌거벗은 감나무들이 우는 밤
삶이 삼백만 원 마이너스 통장으로 드러누웠다

원두막

논둑이
뱀 소리로 긴다

폴짝
되돌아서며 헐떡였다

익어가는 참외
저녁 찬으로 나오는 콩자반처럼
까만 눈을 뜬 무서움

돌돌 반딧불이
저녁마다 죽었다

연꽃

꽃은 발이 없어
구멍을 걷지

검은 갈매기 곁으로
물거품은 타 타 타 따라다닌다

나는 배에 앉아서
노을을 보고 싶다

밀감밭으로 익은 둑방으로
치르렁치르렁 자전거에서 아낙이 내린다

감포 연밭
새들의 날갯짓으로 연밥이 익는다

제4부

내 마음 길 따라

물봉선

— 어머님 돌아가시면 저희 집 김치는 어쩝니까
— 네 죽으면 무덤 속에서 퍼뜩 일 나가 담가주꾸마

싱크대 고춧가루통에 모셔두고
내 편이 속 썩일 때마다
듣던 그 말씀

김치 담그는 날 오시겠다던 약속대로
잇몸을 보이시며
분홍보자기 머리에 이고
오늘

오셨군요 물봉선 핀 베란다

거울 앞에서

내 생각만큼 남들은 나에게
크게 관심이 없다

나는 머리 자르지 않기로
한 건 아니다

마음대로 움직일 수 없는
나의 오른손 덕에
톡톡 쏘는 헛바늘이
여섯 살 아이와 함께 자라면서
아침마다 나를 거울 앞에 앉히던 아들 녀석

내가 바라는 일은
스물한 살이 된 아들이 나랏일을 떠나면서

나는 스스로 묶을 수 없는 머리를
묶어 봤으면

손, 발을 잃고
집으로 돌아오는 길도 잃고

방충망에서 놀다 가는 벌은
꽃 봉숭아로 머리를 묶는다

한눈파는 사이

가랑이로 좋아서 만들었으면 한눈팔지 말았어야지 누구 신세를 조지려구

청소차 운전기사의 욕은 줄줄이 고구마 줄기다 몇 개는 겁 없이 둥그레진 눈으로

— 그 양반 참 얼라가 건너갈라 하다가 실수한 것 같은데 너무 하지 않소

교통사고가 날뻔한 현장 속으로 대책 없이 뛰어든 프라이드를 바라보다

내 뒤를 따르던 다섯 살이
반대 방향으로 갈 수도 있다고
나는 생각하지 못했을까

잔뜩 겁먹은 표정으로
눈물 글썽 안겨 오던 아이

가슴속 한 부분
불그죽죽

내보이기 싫다

포도꽃 여자

자주 포도꽃이 핀다
대구 의료원에 아침이 오면
몇 번 넘어지다 끊기는 곡소리가
날 반긴다
정수기 팔다 내려앉기 시작했을 뇌졸중
지랄 맞은 세상에서
슬그머니 빠져나온 그녀는
포도주에 빠져 죽었다

봉오리로 시작했을 시간들이
자주 꽃으로 피고 졌다

암, 수 실한 두 송이를 남기고
맨질맨질한 사진 속에서
웃고 있는 여자

감나무

나도 모르게 발길을 멈췄습니다
지난날 멋모르고 밟아버린 가지들이
이렇게 무성하다니요
나도 그 통증을 다시 느낍니다
시간이 한 줄로 흐르는지 알았더니
두 줄로 흐르는군요
나는 이미 감나무이고 감나무는 나입니다
내가 밟아버린 가지를 잃어버리고도
무럭무럭 잘도 익어갑니다
한쪽 팔을 잃어버리고도
열매를 맺은 나무
누구든 조금씩은 밟히며 살아갑니다

광암댁 일기

딱새를 까는 동안 피곤이 적조처럼 번지고
태풍이 온다는 소식에
남편을 채근하면
바다에 밀어 버린다는 농담 같은 말은
쥐도 새도 모르게 물귀신으로 흘러 다닌다

소름이 목구멍을 찔렀다

뿌리를 내리지 못한 이끼는
시를 쓰고 싶었다

초등학교 4학년에 끝난 장래 희망이
오래도록 흔들리다
온몸에 암처럼 전이가 되었다

껍데기가 벗겨진 그는 말이 없다

어제는 앓던 이가 빠지더니

오늘은 시를 쓰고 싶은 마음이 복수로 차올랐다

평생교육원 시 창작반 도마 위에서

칼을 놓고 펜을 들었다

아버지

가끔 물집처럼 부풀어 오른다
영구차에 실려, 들르던 집
논들이 농공단지로 바뀌는 시간에도
이장한답시고 읍내로만 도셨다

신작로가 아스팔트로 새 옷을 갈아입은 정류장, 빈 의자에
은갈치 밥국이 드시고 싶다던
어머니가 마중 와 손을 내민다

차창 밖
소식처럼 우체부가 지나가던, 회관 앞 참외밭
고추좀잠자리 한 쌍이 일어났다 고쳐 앉는 모습에
눈을 뜨고
감아도
쩍쩍 갈라지던 논바닥 같은 세월뿐
고추좀잠자리 줄무늬에는
여덟 개의 자식들이 주렁주렁 달렸다

돈 달라고만 말라던 고추좀잠자리

고추장 단지만 한 유골함으로 작아져
돌아오지 않는다

나에게 아버지
가끔 노란 참외꽃 빈혈로 잡힌다

소

우주선을 타고 달나라를 구경하고 싶다

매지구름은 태동산 하늘을 낮게 흐르고

나는 무릎을 꿇고 앉는다

바람이 잔다

아카시아 향기가 코를 벌렁이게 한다

외로운 것들이 상상이 많은 것처럼

나는 매 순간 최선을 다하지 못해 아프다

기억을 못 하면서 고개 들어 볼 수 있는 것은 구름뿐인가

많은 세월 동안

수많은 죽음이 별빛 또는 달빛으로 태어났을지

나는 모른다

비를 몰고 오는 바람이 내 꼬리에서부터 불어온다

매지구름에서 떨어진 빗방울이

비행기처럼 긴 꼬리를 남기고 떨어진다

찔레 잎 푸른 꿈이 일어선다

내가 우주선을 타는 날까지

일기를 써 볼까

내 눈동자 속엔

푸른 보리밭이 보여도 즐겁지만은 않다

내가 잘못 알고 있는지도 모르겠다

내 속에 우주가 산다

지네

샤워기 아래
지퍼가 열린 지네 한 마리
누워 있다

온몸 술잔에 빠진 채
죽을 듯이 숨을 마신다
벌어진 틈새로 추적추적
어지러운 냄새가 스며든다

다리미를 쥐고
뒤집어진 동굴 속에
급여 명세서를 구겨 넣는다
많은 발로 마디마디
벌어진 삶의 지퍼를
올리긴 힘들었을까

독으로 붉은 세상은 술병처럼 좁고
소주가 배어들어 눈이 어둡다

양말을 적시던 매끄러운 오한이
눈떠보니 턱 밑까지 차올랐다
목구멍을 따라 내려가지
못한 쓴맛들
빨갛게 터져 나온다
피 묻은 살점들이
돈줄처럼 풀렸으면

손발의 전원이 자주 꺼진다
삼십삼 년을 보낸 세탁 은행에서
공장 밖으로 내팽개쳐졌다
비틀거리는 걸음으로
꾸물꾸물 구부러진 다리에 힘을 준다

지퍼가 열린 지네 한 마리
반듯하게 누워 있다

날아다니는 여자

바람이 밀어 올리자

생머리 얼굴을

가볍게 굴리는 한가인

활짝 열린 분홍 입술

재빠르게 날아오르다

공중에서 나와 눈이 마주치자 또 웃는다

미인들의 놀이터 뷰티 크레디트

미인들의 피부 간식

맛있게 예뻐지세요!

눈썹 하나 까딱 않고

잡지 속에서 떨어져 나와

건강식품으로 활짝 핀 여자 머리가

대진 초등학교 담장 옆

줄장미 가시 위에 살풋 내려앉는다

김해 장날

한 잔 주이소
뭐라카노 저 양반이
뽀글뽀글 막걸리 바가지를 돌리며
두부찌개에 손가락을 찌른다
할매집 문이 열릴 때마다
깨갱거리던 강아지

월식

발맘발맘 운동한다

낮 동안 벌새 쉬어갔을
무궁화 잔가지

하늘엔 월식
땡그랑 땡그랑
열 시를 알리는 완행열차
돌아간다

중흥아파트 거리에서

진영 신도시 중흥아파트 거리에서
SK 집 전화 단돈 천 원입니다
신청하시고 가세요 소리쳐 보지만 읍사무소만 묻고
들은 척 만 척 쌩하니 지나가는 풍경이 낯설지 않다
아파트마다 나섰다가 당장 나가시오 꽝
현관문이 닫힌 후 SK 판매원 내 친구는
12층 뒤 베란다에서 뛰어 내릴 수 없었다
자궁경부암 스물세 살 딸만 생각하면
할 수 있다는 다짐이 핏빛으로 물든다는 맨드라미
춥게 웅크린 저녁
밤늦도록 과일 좌판에 어머니를 불러 세우는 딸
아는 지인들한테 자꾸만 전화를 하게 되어
염치가 없어진다던
숯검댕이 가슴팍이 맨드라미로 피어난다

하미애의 시세계

지면 앞에서

김동진

지면 앞에서

김동진

(문학평론가)

1. 시인과 화자

『거울 앞에서』에서 자주 띄는 단어들 가운데 하나가 바로 '누리미'다. 누리미라는 단어는 1부의 제목에도 포함되어 있고, 시편의 제목으로 사용되기도 했다. 이렇듯 반복적으로 시집에 등장하는 단어인 만큼, '누리미'는 시인의 시 세계에서 중요한 시어임이 분명해 보인다. 그런데 아무리 인터넷을 뒤져보아도, '누리미'라는 단어가 올라와 있는 사전을 찾을 수 없다. 다행히도 시인은 「감꽃들이」의 각주를 통해, '누리미'가

"김해시 진영읍 유목마을"이라는 것을 밝혀두었다. 그런데 여기서 문제가 생긴다. 시인의 프로필에서 확인할 수 있듯, '김해 진영'은 시인의 출생지이기 때문이다.

시는 창작물이지 일기나 자서전 같은 것이 아니다. 따라서 언제나 시인과 화자는 구별되어야 한다. 하지만 시의 배경이 되는 장소와 시인의 출생지가 일치한다면, 독자들이 시의 진술이 곧 시인의 고백이라고 오해할 수 있는 가능성이 생겨버린다. 물론 이러한 우려를 드러내는 것이, 시 속에 시인의 일부가 숨어 있다는 사실 자체를 부정하는 것은 아니다. 시인은 신중히 말을 고르고, 이미지를 배치하고, 리듬을 구성한다. 즉, 시인이 자신의 시에 '누리미'를 등장시키는 것은, 우리로 하여금 시와 시인의 삶이 어떤 끈끈한 관계에 놓여 있다는 것을 의미한다고 읽을 수도 있다는 뜻이다. 그렇다면 우리에게는 이제, 화자와 시인을 동일시하게 되는 오류를 주의하면서, 시인이 펼쳐내는 세계를 천천히 탐색해나가는 작업이 필요할 것이다.

2. 타자의 상실

1
산모퉁이 돌아 버스가 떠날 때 무덤이 흔들렸다
세탁공장 잔업 수당이 라면 따라 후루룩 온다

월세방에는 찔레 가시가 돋았다

그는 오늘 밤 희끗해진 머리로 슬며시 무덤을 빠져나온다

누리미 산천

　　　　　　　　　　　　　　　　　—「누리미」 부분

먼저 앞에서 언급한 시 「누리미」를 보자. 가장 먼저 눈에
띄는 것은 선어말어미의 사용이다. "산모퉁이"를 "버스가 떠
날 때 무덤이 흔들"린 것은 선어말어미 '-었'이 붙어 과거형으
로 기술되어 있다. 그런데 "세탁공장 잔업 수당"은 "라면 따라
후루룩 온다". 이 짧은 두 행 사이에 압축된 서사는 생각보다
긴 듯하다. "월세방"이 언급되는 것으로 보아, 화자는 "무덤"
이 있던 곳을 떠나 타지에서 공장 생활을 하고 있을 것이다.
그러나 공장에서 잔업을 하면서 라면을 먹는다거나, 방에 "찔
레 가시가 돋았다"는 표현을 보면 그 생활이 녹록치 않은 것처
럼 보인다. 그 뒤에 갑작스럽게 "그"가 등장한다. "그는 오늘
밤 희끗해진 머리로 슬며시 무덤을 빠져나온다"는데, 도무지
"그"가 누구인지 정체를 알 수가 없다. 그러나 중요한 것은
"그"의 정체가 아니라 "그"가 등장하는 상황이다.

타지에서 생활하는 화자가 고통스러울 때 "그"가 "무덤"에
서 등장한다. 이때 무덤은 화자가 떠나왔던 공간에서 "흔들렸"
던 무덤일 것이다. 이 연결에서 우리는 화자가 타지에서 고달

픈 생활을 하고 있을 때 떠올리며 의지하려는 존재가 "그"라는 것을 알 수 있다. 그런데 그는 무덤에서 빠져나온 존재다. 즉 이미 죽어 없어진 사람이라는 것이다. 더욱 중요한 것은, 바로 뒤에 따라오는 "누리미 산천"이다. 『거울 앞에서』 속에는, 죽은 존재를 그리워하거나 심지어 다시 만나는 정황을 가진 시가 군데군데 놓여 있다. "집 뒤 대나무 숲에 묻었"다던 "어린 고양이 한 덩이"가 "살금살금 걸어 나왔다"(「숟가락」)거나, "아버지"의 "유언"을, "체온"을 자신의 "가슴에 묻는다"(「거짓말 같다」)거나, "감나무 과수원 아래"에서 "침몰해버린 그"(「해적선 레스토랑」)를 그리는 진술들이 그러하다. 「신방」에서는 귀신과 만나 대화하는 정황이 그려지기도 한다. 우리는 시인이 죽은 자를 소환하는 이 지점에서, 그가 "누리미"를 시에 반복적으로 그리는 이유를 추론할 수 있다. 이제는 누리미가 '없는 공간'이기 때문이다. 그것이 바로 "누리미 산천"을 무덤에 있는 "그"와 붙여놓는 이유다. 화자가 아는 누리미는 "그"가 무덤에 들어감과 동시에 사라져버린 것이다.

2
부글부글 털이 많았던 나무꾼
대낮을 밤으로 생각하는 여든 어머니 모시고
소주가 고무신을 자주 벗겼다

다 해진 나를 기울 생각하지 마라

잠긴 눈에서 질금질금 흘러내리는 눈물

3

오줌싸개 집 담장 위로

키 작은 정희가 밟던 풍금 소리

지린내만 저 혼자 간다

4

저녁에서 아침까지 스물세 집에서 나오는 음식 찌꺼기로
돼지도 꿈을 씹는다

소주잔에 담배 연기 피어오르면 자식에게 아버지 자리 채
워 줄 수 없었던 게 미안했을까 아궁이 옆에서 돼지나 자식이
나 애가 타기는 매한가지 상수리나무 벌겋게 달군 밤도 있었다

—「누리미」부분

시인이 「누리미」에 대해 제시하는 파편적인 이미지들은 모
두 상실과 연결되어 있다. 2에는 "다 해진 나를 기울 생각하

지" 말라는 "대낮을 밤으로 생각하는 여든 어머니"를 모시는 "나무꾼"이 등장한다. 그에게 어머니의 상실은 이미 예정되어 있는 것이다. "잠긴 눈에서 질금질금" "눈물"을 흘리는 일밖에는 할 수 있는 것이 없다. 죽음은 누구에게나 예정된, 완벽한 상실을 선사하는 불가역적인 사건이기 때문이다. 3에서 "오줌싸개 집"에서 느껴지는 "지린내"는 "혼자 간다"는 현재형으로 서술되는 반면 "정희"의 "풍금 소리"는 "밟던" 것으로 서술된다. 오줌싸개 집 담장에서 함께 감각되던 풍금소리와 지린내에서 풍금소리만 사라진 것이다. 4의 화자는 "아버지"의 심리를 추론하고 있지만, "아궁이 옆에서" "애가 타"던 시간도 " 있었다"는 서술어를 통해 끝맺고 있다는 점으로 미루어보면 화자의 아버지 역시 이제는 없는 사람인 것으로 보인다.

　시인은 이렇듯 연결될 듯 되지 않는 네 가지 조각난 장면을 모아놓고, 「누리미」라는 제목을 붙였다. 누리미는 시인의 삶이 출발한 것으로 여겨지는 장소다. 시인은 그런 누리미라는 공간을 배경으로 상실의 정황들을 풀어놓았다. 우리는 여기서 다시 시인과 화자의 관계를 생각해야 한다. 「누리미」에 있는 모든 내용이 시인의 실제 삶을 있는 그대로 옮겨둔 것은 아닐 것이다. 그러나 시인은 자신의 고향을 앞에 두고 자기 내면의 무언가를 끌어내고 있다. 하미애 시인에게 시를 쓰는 작업이란 "마음이 꽉 닫힌 날"에 "숨어 사는" "시상들"을 "들찔레 같은 두통으로" 피워내는 것이다. 하미애 시인이 보여주는 시 세계의 근원에는 타자의 상실이 존재한다. 시인 자신도 그것을 알고 있기 때문에 '누리미'를 보여주는 이미지로 상실을 그려내고 있는 것이다. 이를 증명하듯, 『거울 앞에서』에는 다양한 상실을 겪는 사람들이 등장한다. 중요한 것은 그 상실이 타자의 죽음인 경우도 있지만 "훈련 도중 한쪽 발을 잃고/ 목발을 얻었다"는 "육십 노총각"(「진례면 송정마을 — 유진수」)이나 "네 번째 손가락을 배에 심"고 "해고 통지"(「유리칸나」)를 받은 노동자의 이야기처럼, 신체 기능의 상실로 표현되고 있기도 하다는 점이다.

3. 신체의 상실

무허가 창문 너머 벽
가족같이 일할 사람

앉은 자리에서 모두 두 손 올려 흔들어 보시길

반짝반짝 작은 별
두 손 잘만 흔들어도 쥘 수 있을 것 같은 작은 별
초등학교 교통사고 후
나에게 손들어 보라는 말은
가슴에서 튀는 콩이다

나의 빛은

두 손 잘 흔들기

두 손 잘 흔드는 것은 하늘의 별 따기

이쑤시개 공장에서

면접 보며 손바닥에 찬 땀을 들이켠다

— 어머 저 사람 손을 제대로 흔들지를 못하는가 봐

궁색한 손이 아니라면 어디 내놔도 괜찮을 텐데

무심히 뱉은 말이

내 심장에 거머리로 붙는다

참아내기 힘든 삶일수록

손의 상처로 환히 열리고

서러움 뒤로

무어라 말하는 면접관 목소리를

프레스가 자른다

　　　　　　　　　　　　—「희망은 늘 그렇게」 전문

　「희망은 늘 그렇게」에는 "교통사고" 때문에 "두 손 잘 흔들기"가 "하늘의 별 따기"처럼 느껴지는 화자가 등장한다. "두 손 잘만 흔들어도 쥘 수 있을 것 같은 작은 별"이지만 장애가 있는 화자에게는 손을 흔드는, 일반적으로 간단하게 인식되는 일조차 불가능하다. "무허가 창문"에 구인공고를 붙일 정도로 초라한 공장에서도, 화자는 "가족같이 일할 사람"이 될 수 없다. 면접관이 "앉은 자리에서 모두 두 손 올려 흔들어 보"라는 요구를 하기 때문이다. 공장 노동자에게 요구되는 조건은 신체의 기능이다. 이쑤시개 공장에서 "프레스"를 다뤄야 하기 때문에, 손을 섬세하게 사용할 수 없다면 노동자가 될 수 없다. "무어라 말하는 면접관의 목소리"는 "프레스"에 잘려 화자에게 전해지지 않지만, 화자가 면접에서 떨어질 것은 자명한 사실이다. 프레스의 소음이 면접관의 말을 대신하는 것이다.

「희망은 늘 그렇게」는 공장이라는 공간의 특성을 통해 신체 기능의 상실이 일상에서 구체화되는 지점을 포착하고 있다. 그러나 문제는 기능의 상실이 존재의 결함으로 취급되는 지점이 함께 드러난다는 것이다. 손을 제대로 흔들 수 없는 화자를 향해 누군가 "궁색한 손이 아니라면 어디 내놔도 괜찮을" 거라고 말한다. 그 사람에 의해 화자는 '어디 내놔도 안 괜찮은' 사람이 되어버린다. 이것은 과장이라고 할 수 없다. 장애인에 대한 차별은 사회 곳곳에 뿌리 깊이 박혀 있는 것이기 때문이다. 지금도 '장애인'이라는 말은 비하표현으로 사용되는 경우가 많다. 정상성이라는 범주가 사회를 재단하고 있는 지금, 장애는 인간으로서 결격사유가 되어버린다. "참아내기 힘든 삶일수록/ 손의 상처로 환히 열리"는 이유가 바로 그것이다. 화자가 살면서 수없이 많은 차별을 직면해왔음을 간파하는 것은 어렵지 않다. 생활에서 쌓이는 상처들은 화자의 희망을 앗아가 버렸다. 화자에게「희망은 늘 그렇게」가질 수 없는 별처럼 먼 자리에서 흔들리고 있었던 것이다. 동요의 멜로디와 프레스의 소음이 교차한다. "무심히 뱉은" 차별의 말이 "거머리로 붙는다".

　화자는 당연히 사고 이전으로 돌아가고 싶었을 것이다. 그러나 그것은 불가능하다. 마치「누리미」의 화자가 아무리 노력해도 예전의 누리미로 돌아갈 수 없듯이, 장애가 생긴 사고 역시「희망은 늘 그렇게」의 화자에게 불가역적인 사건이다. 그러나 타자의 상실은 누구나 보편적으로 겪는 일인 것에 비해, 신체 기능의 상실은 그만큼 일반적인 일은 아니다. 그럼에도 시인은 타자의 죽음과 신체적 장애라는 두 가지 요소를 상실이라는 차원에서 묶어내고 있다. 이 작업이 가능했던 이유는 시인이 상실을 펼쳐내는 장소로 생활을 선택했기 때문이다.

4. 생활이라는 무대

　　내 생각만큼 남들은 나에게
　　크게 관심이 없다

　　나는 머리 자르지 않기로

한 건 아니다

마음대로 움직일 수 없는
나의 오른손 덕에
톡톡 쏘는 헛바늘이
여섯 살 아이와 함께 자라면서
아침마다 나를 거울 앞에 앉히던 아들 녀석

내가 바라는 일은
스물한 살이 된 아들이 나랏일을 떠나면서

나는 스스로 묶을 수 없는 머리를
묶어 봤으면

손, 발을 잃고
집으로 돌아오는 길도 잃고

방충망에서 놀다 가는 벌은
꽃 봉숭아로 머리를 묶는다

— 「거울 앞에서」 전문

「거울 앞에서」 역시 누군가의 생활 속 한 장면을 그리고 있다. 먼저 눈에 띄는 것은, 시의 전개가 다소 독특하다는 점이다. "내 생각만큼 남들은 나에게/ 크게 관심이 없다"는 화자의 말 뒤에, 그 자신이 "머리"를 "자르지 않기로/ 한 건 아니"라는 진술이 이어진다. 얼핏 보면 별 연관이 없어 보이는 두 문장이지만 두 진술은 분명한 인과관계로 묶여 있다. 화자는 "오른손"을 "마음대로 움직일 수 없는", 장애를 가진 사람이다. 그의 곁에는 "아침마다" 화자를 "거울 앞에 앉히던 아들 녀석"이 있었다. 아마 아들은 손이 불편한 화자를 대신해 그의 머리를 묶어주고는 했을 것이다. 그런데 아들이 "스물한 살이" 되면서, "나랏일을 떠나면서" 문제가 생겼다. 살아 있으면 자라나는 머리카락을, 화자는 "스스로 묶을 수 없"다는 것이다. 화자의 일상에서 아들이 상실되었을 때, 그는 머리카락을 묶을 수 없게 되었다.

화자의 진술을 보고 있는 우리들은 그가 머리카락을 묶지 않는 이유를 쉽게 알 수 있다. 그러나 남들은 화자에게 "크게 관심이 없"기 때문에, 그에게 장애가 있다거나 아들이 군대를 갔다는 사실을 모를 것이다. 그래서 남들은 화자가 머리를 기르려고 한다는 생각을 하는 것이다. 장애가 없는 '남들'의 입장에서, 머리를 묶지 못 한다는 가정을 하기는 힘들기 때문이다. 남들의 일상과 화자의 일상에는 차이가 존재한다. 그 차이를 인지할 수 있어야만 우리는 화자를 볼 수 있다. 앞의 두 연은 그래서 나온 말이다. 타자들은 화자에게 큰 관심이 없어서,

그가 머리를 자르지 않기로 했다고 생각한다. 화자와 남들의 일상에서 어떤 차이가 발견된다는 것. 이것을 이해하는 일이 「거울 앞에서」를 읽는 가장 첫 번째 단계다.

다음은 제목이다. 「거울 앞에서」. 시집의 제목과 동일한 이 작품의 제목은, 간결하게 이루어진 만큼 간소한 정보를 제공하고 있다. 그러나 이 간단한 구가 시와 시집을 통과하면서 거대한 의미를 함축하게 된다. 인간은 신체구조상 어떤 방법을 써도 도구의 도움 없이는 자신의 얼굴을 볼 수 없다. 거울은 그런 인간이 그 한계를 극복하기 위해 예전부터 사용해온 도구다. 중요한 것은, 거울이 인간에게 제공하는 것이 바로 타자의 시선이라는 점이다. 거울은 자신을 들여다보는 주체에게 완전한 타자의 시각을 줄 수 있다. 화자의 앞에 존재하는 거울 역시 마찬가지다. 타자의 시선을 경유해서 본 화자 옆에는, 아들이 없다. 거울은 화자의 옆에 아무도 없다는 것을 객관적으로 보여주는 통로로 기능하는 것이다. 「희망은 늘 그렇게」의 화자가 그랬던 것처럼, 화자는 「거울 앞에서」 절망을 확인받는 것이다. 화자들에게는, 시가 거울처럼 기능하고 있다.

이처럼 시인이 그려내는 삶의 모습들은 모두, 어딘가 상실과 상처를 안고 살아가는 것처럼 보인다. 어째서 시인은 이러한 생활의 장면들을 선택해서 시를 쓰는 것일까? 이것은 시인이 시를 쓰는 장소가, 거울 앞이 아니라 지면 앞이기 때문이다. 우리는 「거울 앞에서」를 읽으면서 "남들"의 생활과 화자의 생활 사이에 존재하는 괴리를 목격했다. 그리고 그 괴리를 우리가 읽어낼 수 있었던 이유는 시인이 제공하는 시선이, 장애를 가져 머리를 제대로 묶지 못한다는 상황에 놓인 화자의 것이었기 때문이다. 이것이 시가 실린 지면과 거울의 결정적인 차이다. 우리가 지면에서 보는 것은 타자의 시선으로 보이는 우리 자신의 모습이 아니라, 타자의 시선에서 펼쳐지는 타자의 삶이다.

5. 지면 앞에서

진영 신도시 중흥아파트 거리에서
SK 집 전화 단돈 천 원입니다
신청하시고 가세요 소리쳐 보지만 읍사무소만 묻고
들은 척 만 척 쌩하니 지나가는 풍경이 낯설지 않다
아파트마다 나섰다가 당장 나가시오 쾅
현관문이 닫힌 후 SK 판매원 내 친구는
12층 뒤 베란다에서 뛰어 내릴 수 없었다
자궁경부암 스물세 살 딸만 생각하면
할 수 있다는 다짐이 핏빛으로 물든다는 맨드라미
춥게 웅크린 저녁
밤늦도록 과일 좌판에 어머니를 불러 세우는 딸
아는 지인들한테 자꾸만 전화를 하게 되어

염치가 없어진다던

숯검댕이 가슴팍이 맨드라미로 피어난다

　　　　　　　　　　　　—「중흥아파트 거리에서」 전문

　「중흥아파트 거리에서」는 시집을 닫는 마지막 시다. 여기
서도 시인은 누군가의 팍팍한 삶을 그리고 있다. 흥미로운 점
은, 묘사되는 삶의 주체가 화자가 아니라는 점이다. 화자는
"SK 판매원"인 "친구"에 대해 이야기 하고 있다. 그럼에도 불
구하고 화자는 이미 친구의 속마음 깊은 곳까지 알고 있다. 친
구의 판촉을 사람들이 "들은 척 만 척 쌩하니 지나가는 풍경"
은 "낯설지 않"다. 친구는 "당장 나가"라는 냉대의 말을 듣는
것이 익숙한 사람이다. 거부당하기만 하는 그의 삶에 못 이겨
친구는 자살을 시도했던 것 같다. 그러나 그는 "12층 뒤 베란
다에서 뛰어 내릴 수 없었다". "자궁경부암"에 걸린 "스물세
살 딸"이 있기 때문이다. 이미 까맣게 타버린 "숯검댕이" 같은
"가슴팍"이지만, "밤늦도록 과일 좌판에 어머니를 불러 세우는
딸"을 생각하면 "할 수 있다는 다짐"이 피어난다. 그것은 선명
한, "핏빛으로 물든" "맨드라미" 같은 색이다.
　「중흥아파트 거리에서」의 화자는 분명히 관찰자의 위치에
있지만, 그는 관찰 대상인 "친구"가 살아온 삶을 분명히 이해
하고 있다. 시집을 닫는 시의 화자가 취하는 이 태도가, 시인
이 우리에게 보여주고 싶었던 가장 중요한 지점일 것이다. 시

인은 "한쪽 팔을 잃어버리고도/ 열매를 맺는 나무"를 보면서, "누구든 조금씩은 밟히며 살아"(「감나무」)간다는 말을 건져 올렸다. 사람은 누구나 자신의 삶을 버겁게 느낀다. 하루에도 몇 번씩 무너질 것 같은, 차라리 무너지고 싶은 순간이 있을 것이다. 하지만 시인은 지면 위에 타자의 삶을 세우며 우리에게 맨드라미의 붉은 색을 보여주는 것이다. 시인의 삶 역시 마찬가지였을 것이다. 「지네」에서 펼쳐지는 이미지는 〈시인의 말〉과 얽히며 그 어떤 시보다 시인의 실제 삶에 가까이 붙는다. 그러나 "손발의 전원이 자주 꺼"져도, "삼십삼 년을 보낸 세탁은행에서/ 공장 밖으로 내팽개쳐"져도 그는 "비틀거리는 걸음으로" "구부러진 다리에 힘을 준다"(「지네」). 시인이 무너지지 않을 수 있었던 것은, 그의 눈에 "한여름 동안/ 걸어오고 걸어온 길을/ 걸어가고 걸어오는 사람들"(「장마」)이 보이기 때문이다. 매년 돌아오는 장마처럼 삶에도 시련이 걸어오고 걸어간다. 누구의 삶이나 마찬가지다. 중요한 것은 누가 더 힘드냐는 것이 아니라 우리가 힘들다는 것이다. 인간에게는 공감이라는 거대한 가능성이 존재한다. 『거울 앞에서』속에 펼쳐지는 일상의 면면들에서, 우리는 우리만큼 아픈 누군가를 만날수 있다. 이것이 타자의 상실과 신체의 상실이라는 두 가지 아픔을 하나로 묶어낼 수 있었던 힘이다. 『거울 앞에서』를 읽는이들은 거울 앞에 있는 것이 아니다. 우리는 모두 지면 앞에, 타자의 삶 앞에 있다. 맨드라미가 되어줄 삶이 그곳에 있다.

시인이 그토록 우리 앞에 누군가의 삶을 펼쳐놓았던 이유가
그것이다. 시인은 붉은 꽃을 우리에게 보여주었다. 지면 앞에
서.▨

| 하미애 |

1966년 김해 진영에서 태어났다. 2010년 『현대시문학』 신인상으로 작품활동을 시작했으며, 2021년 한국장애인문화예술원 창작지원금을 수혜했다. 현재 경남문인협회, 김해문인협회, 시우리동인, 구지문학동인, 감꽃독서회 회원으로 활동 중이다.

이메일 : 9556mi-ae@hanmail.net

거울 앞에서 ⓒ 하미애
―――――――――――

초판 인쇄 · 2021년 7월 26일
초판 발행 · 2021년 7월 30일

지은이 · 하미애
펴낸이 · 이선희
펴낸곳 · 한국문연

서울 서대문구 증가로 31길 39, 202호
출판등록 1988년 3월 3일 제3-188호
대표전화 302-2717 | 팩스 · 6442-6053
디지털 현대시 www.koreapoem.co.kr
이메일 koreapoem@hanmail.net

ISBN 978-89-6104-291-8 03810

값 10,000원

* 잘못된 책은 바꾸어 드립니다.

 문화체육관광부
Ministry of Culture, Sports and Tourism

 한국장애인문화예술원
Korea Disability Arts & Culture Center

이 책은 한국장애인문화예술원 · 문화체육관광부 창작지원금을 수혜 받아 발간되었습니다.